KB118465

제주에서 혼자 살고 술은 약해요

이원하 시집

문학동네시인선 135 이원하

제주에서 혼자 살고 술은 약해요

시인의 말

편지 아닌 편지를 쓰게 되었는데
그 편지의 첫 문장이 이렇게 시작해요.

저 아직도 제주에서 혼자 살고 술은 약해요.

2020년 4월
이원하

내가 아니라, 그가 나의 꽃

차례

2부 싹

3부 눈

4부 물

1부
새

제주에서 혼자 살고 술은 약해요

유월의 제주
종달리에 핀 수국이 살이 찌면
그리고 밤이 오면 수국 한 알을 따서
착즙기에 넣고 즙을 짜서 마실 거예요
수국의 즙 같은 말투를 가지고 싶거든요
그러기 위해서 매일 수국을 감시합니다

나에게 바짝 다가오세요

혼자 살면서 나를 빼곡히 알게 되었어요
화가의 기질을 가지고 있더라고요
매일 큰 그림을 그리거든요
그래서 애인이 없나봐요

나의 정체는 끝이 없어요

제주에 온 많은 여행자들을 볼 때면
내 뒤에 놓인 물그릇이 자꾸 쏟아져요
이게 다 등껍질이 얇고 연약해서 그래요
그들이 상처받지 않았으면 좋겠어요
앞으로 사랑 같은 거 하지 말라고
말해주고 싶어요

제주에 부는 바람 때문에 깃털이 다 뽑혔어요,
발전에 끝이 없죠

매일 김포로 도망가는 상상을 해요
김포를 훔치는 상상을 해요
그렇다고 도망가진 않을 거예요
그렇다고 훔치진 않을 거예요

나는 제주에 사는 웃기고 이상한 사람입니다
남을 웃기기도 하고 혼자서 웃기도 많이 웃죠

제주에는 웃을 일이 참 많아요
현상 수배범이라면 살기 힘든 곳이죠
웃음소리 때문에 바로 눈에 뜨일 테니깐요

여전히 슬픈 날이야, 오죽하면 신발에 달팽이가 붙을까

하도리 하늘에
이불이 덮이기 시작하면 슬슬 나가자
울기 좋은 때다
하늘에 이불이 덮이기 시작하면
밭일을 하는 사람은 아무도 없을 테니
혼자 울기 좋은 때다

위로의 말은 없고 이해만 해주는
바람의 목소리
고인 눈물 부지런하라고 떠미는
한 번의 발걸음
이 바람과 진동으로 나는 울 수 있다

기분과의 타협 끝에 오 분이면 걸어갈 거리를
좁은 보폭으로 아껴가며 걷는다
세상이 내 기분대로 흘러간다면 내일쯤
이런 거, 저런 거 모두 데리고 비를 떠밀 것이다

걷다가
밭을 지키는 하얀 흔적과 같은 개에게
엄살만 담긴 지갑을 줘버린다
엄살로 한 끼 정도는 사먹을 수 있으니까
한 끼쯤 남에게 양보해도 내 허기는 괜찮으니까

집으로 돌아가는 길

검은 돌들이 듬성한 골목
골목이 기우는 대로 나는 흐른다
골목 끝에 다다르면 대문이 있어야 할 자리에
거미가 해놓은 첫 줄을 검사하다가
바쁘게 빠져나가듯 집 안으로 들어간다

약속된 꽃이 오기만을 기다리면서 묻는 말들

지금 여기는 물밖에 없어요

물이 몇 장으로 이루어져야 바다가 되는지
수분은 알까요
오늘따라 바다가 이름처럼 광야처럼 잔잔해요

잔잔해서 결이 없으니
바다가 몇 장인지 어떻게 셀까요

이와 비슷한 여러 어려운 일들을
어려운지 몰라주며 세다보면
순간순간이 별거 아닌 것처럼
세다보면
선배처럼 될 수 있어요?

지금 거긴 꽃밖에 없어요
책에서 읽었는데 수분의 기운만 있다면
바다를 건너 꽃밭에 갈 수 있대요
선배처럼

다른 소리지만
자다가 들었는데 파도가 잔잔해지면
가슴을 쓸다가 마음이 미끄러진대요

선배를 바라보다보니 밤낮이 바뀌네요
밤하늘 촘촘 박힌 별을 보고 있자니
버리자니 많이 그런 어둠이네요
이 어둠처럼 내일 낮을 살아갈 거예요

선배,
이렇게 말해본 적 있으시죠

"약속된 꽃이 왔어요."

나는 바다가 채가기만을 기다리는 사람 같다

참다못한 편지가
소리치기로 작정한 순간,

확인했습니다

두 줄짜리 글에는
몇 달치의 말들이 적혀 있었습니다

당분간은 여전히 돌아가지 못할 거라는
그렇고 그런 말들
내가 입기엔 너무 큰 말들
비가 그쳤는데 급하게 우산을 펼치는 말들

힘을 잃은 나를 창밖의 바다가 채갑니다
그러고는 볶습니다
이미 열여섯 번 볶아진 적 있습니다

바다가 뱉어낸 몸은 매일매일 아픕니다
아무도 안쓰러워 안 합니다

아파도 도달해야만 하는 지점을 기억하는데
나는 자꾸만 때를 미루고 있습니다
치과나 병원이면 이렇게 미루지 않았을 겁니다

차오르다 차오르다 뚜껑만 닫으면 되는데
그게 안 됩니다

손수건 한 장이 나를 안쓰러워합니다

손수건 한 장은
아슬아슬하고 별것 아닙니다

이러다가는 내일도
바다가 나를 채갈 겁니다
자꾸 울면
내 눈에만 보이던 게
내 눈에만 안 보일 겁니다

풀밭에 서면 마치 내게 밑줄이 그어진 것 같죠

나는 밝은 곳에 갇혀 살면서도
바라는 것이 많아요
빛이 나를 뒤흔들었으면 좋겠어요

주머니에 갇혀 살면
과일이 되고 싶을 거고요

소원이 이루어진 다음날 아침에는
또다른 소원을 빌 것 같아요

아픔도 거뜬히 원해요

아픔이 그리운 날엔
베개 모서리로 내가 나를 긁죠

그런데요, 최근에
난생처음 뒷모습이란 걸 봤는데요
말문이 막힐 뻔했어요

그림자라면 발목이라도 잡고
끌고 다닐 텐데 뒷모습은
잡으려 할수록 쪼개지고 있었거든요

나는 내가 아프지 않았으면 좋겠어요

비가 겨울엔 쉬어가는 것처럼
겨울이 오기 전에
내게도 어떠한 조치가 필요해요

같이 걸을 사람은 없지만
풀밭에 나가볼까요

풀밭은 꽃을 들고 서 있지 않아도
내게 밑줄을 그어주는 곳이니까요

첫 눈물 흘렸던 날부터 눈으로 생각해요

나무 발치에서 겁을 내던 꽃은
이제 가을 가고 겨울 오려는데
왜 여태 피지 못할까요

창밖에서 저리 굼뜨면
누가 모른 척할 수 있을까요

나비와 낙엽 구별하기에도
가을비가 이리 내리는데
저 옥수수 알갱이 같은 봉오리를
내가 어쩔까요

다 모른 척 깊은 잠을 자버릴까요
자면,
내가 자는 이유를 너는 알까요

첫 눈물을 흘렸던 날부터
눈으로 생각하기 시작했는데
그래서 잠을 잘 땐
생각을 멈출 수 있는 건데

이걸 누가 알까요

안다고
수척한 마당에 아까 그 꽃봉오리 필까요

참고 있느라 물도 들지 못하고 웃고만 있다

이미 하얀 집에 눈까지 내리는 건
어떤 소용이 있어서 그러는 건가요

금방 사라졌다고 며칠 만에 다시 눈이 내려요
이번에는 오래 흘리다 가줄까요?

눈이 쌓이는 만큼 빛은 자기를 최대한 펼쳐놓아요
펼쳐서 얻는 게 별로 없을 텐데도
사람 좋은 사람처럼 자신을 바닥에 널어놓아요
저렇게 물도 들지 못하고 웃으며 사는 것 좀 보세요

눈은 그렇듯 쌓이듯 모여서
골목까지 아낌없이 생기를 펼쳐놓아요

불편하면 고개를 저어도 될 텐데
절대 그러지 않아요
사랑받고 싶은 것이겠지요

눈이 저러는 동안
바다는 꾸준히 여전히
줄었다 늘었다 반복해요
사느라 정신이 없는 것이겠지요

눈 쌓인 섬도
살결이 푸른 바다도
전부 사람의 마음을 흔들지만
내겐 아무 소용이 없어요

당신과 함께 보면 좋을 일들이 전부
사느라
아무 소용이 없어요

싹부터 시작한 집이어야 살다가 멍도 들겠지요

낑깡을 얼마나 크게
한 입 베어 물어야
얼떨결에 슬픔도 삼켜질까요

그리고 어찌해야 그 슬픔은
자신이 먹혀버린 줄 모를까요

노을이 추운지
희끗희끗 몸을 떠네요

떠는 건 진심이지요
겨울이면 누구나 겪는 일이지요
생각으로는 어찌 될 수 없는 일이지요

이렇게 횡설수설하며 걷다보면
횡설수설을 들려주고 싶은 집 앞에
도착하지요

집 앞에 서니
집이 참 멀어 보입니다

진심이란, 집 안에 없고
내 안에 있기 때문이지요

집이 여전히 멉니다

진심은 없던 일이 될 수 있지만
집은 그럴 리 없어서지요

싹부터 시작된 집이 있다면
내가 원하지만 차라리
모르고 사는 게 나아요

싹부터 시작된 모든 것들은
온종일 곁에 두면 서로 멍만 드니까요

섬은 우산도 없이 내리는 별을 맞고

일출이 평소와 달라서
저녁에 나가려 했으나
대낮에 발 벗고 나섰답니다

발 벗고 나선 해변에
이미 발 벗고 나선 사람의 발자국

발자국은 왜 사람을 따라가지 않았을까요
발자국은 언제까지 제주에서 살 수 있을까요

짙어져가는 걸 거스르면
옅어질까요?

물 한 모금만 마실게요

두 손에 없는 건
두 눈이 가질 수 없나봐요

저물어가는 해 아래서
섬은 지워져가고
내 눈엔 얼룩이 뜨고
더이상 섬에게 미련이 없어요

짙어져가는 걸 거스르니
깊어지네요

깊어지니 무럭무럭 별이 피네요
밤하늘엔 별만 백 송이
나는 침착만 백 송이를 가졌네요

마음에 없는 말을 찾으려고 허리까지 다녀왔다

하늘에 다녀왔는데
하늘은 하늘에서도 하늘이었어요

마음속에 손을 넣었는데
아무 말도 잡히지 않았어요

먼지도 없었어요

마음이 두 개이고
그것이 짝짝이라면 좋겠어요
그중 덜 상한 마음을 고르게요

덜 상한 걸 고르면
덜 속상할 테니깐요

잠깐 어디 좀 다녀올게요,

가로등 불빛 좀 밟다가 왔어요

불빛 아래서
마음에 없는 말을 찾으려고 허리까지 뒤졌는데
단어는 없고 문장은 없고
남에게 보여줄 수 없는 삶만 있었어요

한 삼 개월
실눈만 뜨고 살 테니

보여주지 못하는
이것
그가 채갔으면 좋겠어요

바다를 통해 말을 전하면 거품만 전해지겠지

물결은
내 근처에 다다라서야
입에 거품을 문다

물결은 그 거품을
다시 겪고 싶지만
돌이키지 못한다

며칠 춥더니
감기가 풀렸다

확실히 이번 가을은
나만 고독한 것 같다

확실하다는 말은
그다지 확실하지 않은 상황에서도
사용하며 그게 참 상관이 없다

감기에겐 용기가 없는데
나에겐 용기가 많다

용기가 없다면
어느 표정 하나를 챙겨 섬을 떠날 텐데

그러지를 못한다

섬을 떠나는 일이
뭐가 그리 어려울까 싶은
사람이 있다면
그 사람에게 말해주고 싶다

그건 너에게만 그런 일이다

동경은 편지조차 할 줄 모르고

첫 장면을 들추면 보인다
나는 알면서도 그랬다

섬에서 살겠다고 집도 다 구했다고
떠들던 날의 첫 장면
나는 그 장면을 후회할 수 없다

모든 첫 장면은 양초와 같으니까
미워하기 전에 사라지니까
평생 입 열지 않으니까

낮이란 낮은
다 사라졌으면 좋겠다

낮에는 자꾸 다짐하게 되니까
새 마음 먹게 되니까
내가 잘 보이니까

자주 무섭다가
그 상태 그대로 매번 웃는다

섬에 살다보니
섬과 처지가 같아진 것이다

혼자 한가해서 매번 혼자 회복하는 것이다
섬이 되어버린 것이다

섬이 되어버린 입장에서 말하자면
바다가 아름다운 이유는
동경이 꾀기 때문이다

이리 와서 물결을 보라
물결이 어떤 존재를
쫓는 것처럼 보이는데 잘 보라

존재가 있을 만한 자리에
아무 존재도 없는 것을

2부
싹

— **초록과 풀잎 같은 것들은 항상 곁에 있는데**
보이질 않더라고요 그날부터였을 거예요

— 아직 덜 폈어요
오지 마요

—

해의 동선

만물이 솟아나는 동쪽에서 해가 지는 서쪽으로 옮겨가는 일은 내게 버거웠어요 남이 운전해주는 버스를 타고 가도 땀을 흘려야 했지요 서귀포 표선의 한 정거장에서 피 한 방울 안 섞인 여자의 부축을 받고 버스에 올라탄 할머니가 계셨어요 버스 기사님은 할머니에게 거동도 힘들면서 외출은 무슨 외출이냐고 나무랐어요 나는 나만 그 말에 아픈 줄 알았어요 그런 줄 알았는데 버스가 얼마쯤 달렸을까, 휴대폰도 없는 할머니의 시간은 얼마나 흘렀을까 할머니의 옆 좌석에 앉아 계시던 아주머니가 버스 기사님에게 소리쳤어요 주무시는 줄 알았던 할머니가 소변을 흘린다고 이상하다고, 버스를 세우고 할머니를 흔들, 흔들던 버스 기사님이 119에 전화를 걸었어요 할머니의 의식이 없다고 멈추신 것 같다고, 구급대원은 자신이 도착할 때까지 전화를 끊지 말고 말 잘 들으라고 했어요 버스 기사님은 말 잘 듣기 위해 할머니를 좌석과 좌석 사이 통로에 눕히고는 가슴 부위를 압박했어요 숨아 돌아오라고 돌아오라고, 돌아오지 않는다고 말하는 순간 구급대원이 할머니의 옆구리를 강하게 꼬집으라고 했어요 그리고 할머니의 현재 얼굴색이 무슨 색이냐고 물어봤어요 버스 기사님은 할머니의 얼굴이 워낙 거메서 하얀지 노란지 모르겠다고 했어요 나는 외쳤어요 하얗다고, 나만 들리게 속으로 외쳤어요 만물이 솟아나는 곳의 반대편은 결실이라고

달을 찌는 소리가 나를 부르는 소리였다니

술집의 유일한 사자성어인
해물파전을 먹으며
빛이 드는 창문은 창문이 아닐지도
모른다고 나는 말했어요

하수구가 입맛 다시는 소리를 들은 지 오래지만
능력을 무기로 삼은 지 오래지만
퍼렇게 살아 있지만
자주 손을 삔지만,

어디 시든 이파리 따온 거 마음에 살라 해봐요
옆집에 누가 사니까 마음 편히 먹으라 해봐요
노래를 크게 부르고 싶을 땐 참으라 해봐요,
세상이 과연 그렇게 돌아가나

그래서 아까 그렇게 말한 거예요

해물파전을 다 먹었을 땐 이렇게 말했어요
앞으로 나는 누굴 만날 수 있을까요?

찐 굴 같은 대답을 들었지만
역시 그럴싸하게 잘 모르겠어요
바닥으로 턱을 괴도 모를 거예요

모르는 사실이지만
세상은 나를 포함하여
느린 것들을 탓할 수 없을 거예요

당기라고 써진 문을 당겨도
당분간은 여러가지가 동시다발일 거예요

털어내도 변하지 않는 것이 있어요

오늘은
바다가 바다로만 보이지 않네요
살면서 없던 일이에요

견뎌야 하는 것들을 한편에 몰아두고
우연만 기다려요
살면서 없던 성격이에요

사흘 전부터
운에 대해 생각하고 있어요

참새가 나무줄기에 앉을 때
제비가 낮게 날다가 꽃에 스칠 때
백로가 작은 돌에 안착할 때
이 흔한 사건들이 매번 운이라면,

왜 살면서 운을 못 믿었을까요
알처럼 생겨서 그랬을까요

알에 금이 가듯
운에도 금이 간다면

땀을 닦던 손이 차가워질 테고 이것은

운을 넘어선 행운이니 이 틈을 타
손에 앉은 서리를 녹이기 위해
어딘가를 툭 건드릴 텐데

건드리면
들킨 마음에 맛과 냄새가 있을까요

환기를 시킬수록 쌓이는 것들에 대하여

한라봉 입술엔 쌓인 것들이 많다
나도 그 위에 함께 쌓여 있다
앞으로 한동안은 이렇게 쌓여 있을 것이다
겹쳐 있는 게 좋아서가 아니라
한동안, 이라는 기간이 좋은 것이니까

수건은 젖었던 순간들을 기억한대
불은 자기를 흔들었던 초의 색을 기억한대
발전은 그 사람의 과거를 기억한대

영원히, 말고
잠깐 머무는 것에 대해 생각해
전화가 오면 수화기에 대고
좋은 사람이랑 같이 있다고 자랑해
그 순간은 영원하지 않을 테니까
지금 자랑해

손금을 따라 흐르던 바람의 색이 변하면
그때부터 비를 기다려
기다리다가 손바닥에 비가 찾아오면
손바닥의 온도로 인해 미지근해질 거야
사람들이 그러하듯 말이야

외로움은 커질수록 두꺼워지는 것이 아니라
얇아진다고 했어

때려치우고 싶은 인연
이미 친해진 사람들 중에 있지
고르지 말고 익숙한 것들을 먼저 없애
편하지 않고 낯선 것들을 남겨
얇은 외로움을 유지해

모든 것을 떠올리기 싫어해봐
아까운 게 아니야
없애고 없애도
청소하다가 가끔 발견되고 그래

빛이 밝아서 빛이라면 내 표정은 빛이겠다

너에게 불쑥, 하나의 세상이 튀어나왔을 때
나에게는 하나의 세상이 움푹, 꺼져버렸어

그날부터 웃기만 했어
잘 살펴보지 않으면 속을 알 수 없지
원래 어둠 속에 있는 건 잘 보이질 않지

빛을 비추면 나를 알아주지 않을까 싶어서
웃기만 했어

얼마나 오래 이럴 수 있을까
정말 웃기만 했어

처음으로 검은 물을 마셨을 때
빈자리의 결핍을 보았어
결핍에게 슬쩍 전화를 걸었는데 받았어,
받았어
결핍이 맞았던 거지

나는 오 년 뒤에
아빠보다 나이가 많아질 거야

그날은

시장에서 사과를 고를 때보다도 더
아무 날이 아닐 것이고
골목을 떠도는 누런 개의 꼬리보다도
더 아무 감정도
별다른 일도 없겠지

필 꽃 핀 꽃 진 꽃

봄에 태어났으니 봄에만 살면 좋을 것 같아서
일 년 내내 꽃이 핀다는 섬으로 이사를 갔다
바다 한가운데 놓인 화분 같은 섬이었다

수국 옆에 집을 구한 것을 시작으로
때가 되면
부용 옆으로 동백 옆으로 갈대 옆으로
주황 곁으로 파도 사이로 이사를 갔다

일 년 내내 꽃이 피는 곳이면
일 년 내내 봄일 거라 생각했으나 살아보니
녹아내리다가 우연히 시원했고
얼어붙다가 따뜻한 기운이 한두 번 찰랑였다

밥을 먹으려고 냉장고 문을 열었다가
시들어버린 것들에 대해 생각했고 생각하기를 멈췄다

필 꽃 안으로 빠져나가듯 들어가 밥을 먹었다
숨이 멎을 것처럼 안전했다 안전은 잠시뿐이었다

핀 꽃 위에서 포만감이
미끄러지듯 내려왔고 소화를 시키려

진 꽃
을 손에 들고
버리러 갔더니,

버리고 와서야 알았다

빈 그릇에 물을 받을수록 거울이 넓어지고 있어요

피곤해도 잠들지 못하는 건
욕심 때문이 맞아요, 다만
자려고 누워서 무언가를 고르기 시작한다면
결국 선택하지 못한다면
밤에도 낮에도 결정을 피해가려고만 한다면

글쎄요

골목 끝에 엉켜버린 창고
그 높은 곳에 늙어버린 창문
높이 뛰어 여닫을 수 있을 것만 같은데
일단은 조심하기로 해요

아파요

지나가는 여행자와 눈이 마주쳐서
웃으며 피했어요
호의도 조심하고 봐요

길가에 나무가 많으니
바닥만 보며 걷기로 해요
나무가 많으니 발만 조심하면 되니까요

바닥에 천남성이 보여요
절대로 먹지 않을 거예요
목숨을 조심해야 하니까요

잠깐만요

조심하면 조심한 만큼 놓치는 게 생기잖아요
그래서 빈 그릇에 물을 받을수록
거울이 넓어지는 것이잖아요

물론 다 그렇다는 건 아니에요

적어도 지금은
잠을 잘 자도록 하자는 거예요

가만히 있다보니 순해져만 가네요

몸을 녹이기 위해 창문을 닫으니
잘 살아보라는 것처럼
뜨거운 기운이 속을 드러냅니다

나는 가뿐해진 몸으로
개 대신 기르는 신경초를 건드립니다

건드리니 신경초의 어깨가 움츠러듭니다
내 손이 아직 차가운가봅니다

몸을 제대로 녹이기엔 난방이 좋지만
가스통은 회색이라 아껴야 합니다
속을 알 수 없으니 일단 아껴야 합니다
도통 속을 알 수 없는 게 사람을 닮았습니다

닮았다니까 좋은가요?

움직이는 신경초가 얼마나 예민하게요

대답해줄 사람
아무도 없습니다

눈이 내려도

밖으로 나와볼 사람 아무도 없습니다

무너지듯 주저앉아 울 수 있는
의자를 하나 살까요
사람 때문에 무너져본 적 없는
잘 살던 의자를요

아니다, 앞으로 자주 울지 않을 거니까
아무 의자나 살까요
고민이네요
자고 일어나서 다시 생각할까요

코스모스가 회복을 위해 손을 터는 가을

내가 가을을 봄이라 부른 건요
실수가 아니에요
봄 같아요 봄 같아서

얼굴에 입은 거 다 벗고
하늘에다 바라는 걸 말해봅니다

하지만 하늘에다 말한 건 실수였어요
실수를 해버렸으니
곧 코스모스가 피겠네요

코스모스는 매년 귀밑에서 펴요

귀밑에서 만사에 휘둘려요
한두 송이가 아니라서
휘둘리지 않을 만도 한데 휘둘려요

어쩌겠어요

먹고살자고 뿌리에 집중하다보니
하늘하늘거리는 걸 텐데
어쩌겠어요

이해해요
나름의 의미와 가치가 있잖아요
귀밑에서 스스로 진리에 도달하고
질문도 없잖아요

그 좁은 길
무게 넘치는 곳에서
질문이 없잖아요

꺾어다 주머니에 찔러넣어도
내년에 다시 회복할걸요

휘둘리며 사는 삶에는
애초에 비스듬하게 서 있는 것이 약이니까요

말보단 시간이 많았던 허수아비

죽은 나무를 구해다 마당에 심었어요
죽은 목숨이었지만 발전이 있어 보였거든요

죽은 나무는 절대
그 누구에게도, 하늘에게도
먼저 다가가지 않았어요

덕분에 나는 죽은 나무를 보며
매일 안심할 수 있었죠

대화를 위해 죽은 나무 위에
공을 매달았더니 생명이 됐어요

그걸 허수아비라고 부르기 시작했어요

드디어 내게도 친구가 생겨서
촛불을 켜고 축하하다가
그만
허수아비의 몸에 불이 붙어버렸어요

아무 말도 할 수 없었어요

나는 아무 말도 할 수 없었지만

허수아비는 그때 한마디했어요

이제야 말이 더듬더듬 나온다고

누워서 등으로 섬을 만지는 시간

빨래를 하려고 일어났다가 오랜만에 쏟았다
내가 하도 울어서 바다가 생겼다
멍든 물을 뒤지다가 바람을 쓰러뜨렸다
파도도 내가 그랬다

온통 평상인 섬에서
마음을 들키며 살고 있었다

향기 없이 무게만 남은 것들을 모아
무너진 가방 속에 막내로 넣어두는 일을 하였다
향기가 없는데도 가방 안에 잘 담겨서 쉬운 일이었다

평상에 누워 전신을 떨 때면
구겨지는 듯한 요란한 소리가 났다
늘 땀도 조금씩 났는데 한국식 땀은 아니었다

혼자인 모습을 바지 추켜올리듯 추켜올렸다
하루종일 숨어 지낸 것 같아서 만족스러웠다
밖엘 나갔고 누군갈 만났지만 말을 별로 하지 않았으니
숨어 지냈다고 할 수 있겠다

음악이 입을 다무는
저녁 일곱시

눈에 경련이 왔고
한 사람의 얼굴이 득달같이 달려들었으나
알아보지 못했으므로 섬의 뿌리를 파먹었다
나방을 먹는 느낌이었다

저녁 일곱시
섬은 신학기가 시작되었다

깊은 맛이라는 개념은 얕은 물에만 있는 것 같아요

물에 젖는다는 느낌으로 읽어보세요
빛은 구석에서도 밝다는 기분으로 읽어보세요
집으로 돌아가보세요

서쪽으로 저쪽으로 왼쪽으로

집 안에는
옆 사람이 먼 사람이 될 정도로
챙 넓은 모자가 있을 거예요

그거 외로워서 샀던 건가요
외로우려고 샀던 건가요 아니면
외로움과 상관없이 뭉친 기분 풀려고 샀던 건가요

대답하지 않아도 괜찮아요

밤에 보는 꽃이 예쁘고
밤에 가는 오름이 좋다는 건
내가 잘 알고 있으니까요

모든 생각을 하나로 모아주는 능력이
밤에 있는 것이니까요

지붕이 날아갈 정도의 바람이 불어요
제비 목소리로 귀는 막겠지만
밤엔 지붕이 있는 거나 없는 거나 마찬가지로
눈을 뜬 거나 감은 거나 마찬가지로
어두워요

어두운 건 밤의 장점이에요

내가 나를 기다리다 내가 오면 다시 나를 보낼 것 같아

이 동네에 그만 앉아 있을래요

섬에서 높이 날아올라 육지로 가겠다는 말이기도 해요
누구든 당장 만날 수 없는 곳이 섬이니까요
우연이 없는 곳이니까요

수화기에 대고 엄살을 한 솥 쏟았어요
군인에게

가끔씩 섬에 갇혀 있다는 기분이 들면
한없이 땅을 파게 되는데
어제가 그랬거든요

군인을 섬에 데려올 순 없지만
군인은 숲과 같을 테니
내가 이 섬 안에 숨겨줄 수 있어요
밤에 흰옷을 입고 다녀도
보호해줄 색이 많은 곳이니까요

근데 그게 잘 안 돼요
꿈만 꾸게 돼요

추워요

빨간 내 얼굴이 중요해요

빨개진 김에
동백꽃 사이에 서면 내 얼굴이 숨겨질 것 같아요

내가 쓸쓸해도 이 섬에 버티는 이유는
동백꽃 필 때 마침 얼굴이 빨갛기도 할뿐더러
섬에서 살 수 없다면 배 위에서라도 살고 싶었던 때가
있었기 때문이에요

3부
눈

선명해진 확신이 노래도 부를 수 있대요

밤이 넓어서
초 하나로는 부족할 때
베개 같은 표정은 버리고 싶어졌어요
조용히 지내느라 시끄러웠던 바람소리가
들리지 않았으니까요

회전문처럼 표현이란 것을
해야 한다는 걸 느꼈으니까요

현재까진 종이가 한 장 한 장
천장에 맺힐 때까지 기다렸다가
겨우 한 번 만나곤 했잖아요?

그럴 때마다 이런 만남은
세상에서 가장 무서운 화살표 같았어요

내가 화살표를 휘두르면
화살표 끝에 맺힌 글자가
떨어질 것 같았으니까요

내 힘 하나로 화살표는
세상에서 가장 맑기도 하였지만
거침없을 수 있었으니까요

눈동자를 따라 흔들리고
눈동자를 따라 휘둘리는

주저하느라 늘 독백이었지만
이틀 전부터 달라졌어요

질문하러 오세요

나는 이제
답을 노래로도 부를 수 있어요

눈 감으면 나방이 찾아오는 시간에 눈을 떴다

남의 집 마당에 빨래가 널려 있는 시간도 있고
유채꽃이 개나리로 보이는 시간도 있고
자꾸 물건을 떨어뜨리는 시간도 있어요

입술을 자꾸 놓치는데 그 아래서
평면으로 된 렌즈를 끼는 시간이 있고
내가 다섯 걸음 걷는 동안
한 걸음 걷는 할머니의 시간도 있죠

파꽃을 보면 웃음이 나던 시간 다음에
파꽃을 봐도 하나 웃기지 않은 시간이 잠깐,
혼나고 돌아와서
한 며칠

지쳐 있는 빵을 먹다가
배에 흘린 것을 집었는데
나보다 자꾸 먼저 가는 신발 때문에
할 수 없는 일들과 말들이 있다는 걸 눈치챘어요

촘촘하고 빽빽해서
생각했다가 생략했어요

목이 길어지면 할말도 많아지고

키도 커지지 않을까요

목이 긴 파는 아무 말도 하지 않지만
뭐가 자꾸 펴요
대본에 없는데 펴요

장미가 우릴 비껴갔어도 여백이 많아서 우린 어쩌면

커피를 내리다 말고
창문 밖으로 나간 사람과
창문 안에 앉아 컵 안에 든
점을 마시는 나란 사람

커피를 내리다 말고
창문 밖으로 나간 사람이
마당에 부는 바람을 피부에 바른다

작년에도 마당에서 저러더니
올해도 저러는 건

포장인 거죠

창밖에 거미줄이 맺혀도
나는 절대 밖으로 나가지 않을 거야
저 사람이 왜 저런 모양인지 까먹을 거야

무감정이 나를 찔러도
나는 눈 하나 깜짝 안 해
이 동네 이름은 세화니까

나는 이 동네 안 좋아해

다른 동네 좋아해
좋아서 이미 볼 속에 넣었어

마당 가득 섭섭한 기운이 창문에 고약해도
제주에 흔한 풀잎 대하듯 대할 거야

투명한 외투를 걸쳤다면 할일을 했겠죠

옷은 사람을 싫어할지도 몰라요
어떠한 힘을 실어줘도
힘을 얻지 못하니까요

옷은 이렇게 말할지도 몰라요
차라리 투명한 외투를 걸치라고

그런데요,
투명한 외투를 걸치면 설 자리가 있을까요
배롱나무에 핀 꽃이 백일 뒤에 지면
초록 위에나 서면 될까요

얼굴 하나를 그리워한 지 오래되어
하품이 나오지만 그래도
얼굴 하나가 진득이 그리워요

섬에서 바람을 기다리는 건
쉽죠, 나도 알죠

작년에 내가 섬으로 이사를 오면서
시루떡 대신 미모사를 들고 왔잖아요

그때

투명한 외투를 걸쳤었다면
이렇게 말했을 거예요

미모사는
시루떡을 대신한 것이 아니라고

나를 받아줄 품은 내 품뿐이라 울기에 시시해요

점심 먹을 시간이 왔고
내일모레 그가 와요

부탁할 건 없고
내일모레 그가 와요

실랑이도 함께 와요

수국의 성대를 잡고 꺾으면
수국이 울고
우는 수국으로
꽃병을 찌르면 그가 좋아해요

꽃병을 찌르다가 수국 대신
내가 울고 싶은데
나를 받아줄 품은 내 품뿐이라
울기에 시시해요

내일모레와 동시에 그가 왔고
준비한 수국을 꺼내려 하는데
그의 팔꿈치에 이미 수국이 펴 있어요

그는 살아요

매년 혼자서 잘 살아요

수국도 내가 참견 안 했으면
잘 살았을 거예요

혼자서 잘 사는 모습을 보게 되는 것이
바로 내가 울게 되는 지점이에요

나도 나 없이 살아지죠
살아지지만
그럴 경우

교접하지 못하는 두 개의 안녕 때문에
발목에 호수가 생기는 게 문제죠

그게 아니라 취향, 취향

세상일이 아닌 선택권은 전부 내 것

고양이가 높은 곳에 올라가는 것과는 달라
그저 바다가 멀어서 높은 곳이라도 오르는 거니까
바다와 높은 곳은 내가 원하는 걸 해줄 수 있어

그건 높거나 넓거든
나는 그러고 싶거든

눈물을 좋아해
눈물을 즐기려면
누군가를 사랑해야 해
사랑해야 뿔뿔이 흩어진 감정이
한곳으로 모일 테니까

취향이 나를 선택했어
무늬나 체취처럼

만져주면 기분좋은 부위를 어제 드러냈지
그러다 울어서 비처럼 굴었지
높은 곳에서 떨어지거나 바다에 잠기려고 했지

비밀인데

취향대로 사는 건
고민까지만 해볼래

취향이 사람 눈치 보게 할 순 없으니까

아무리 기다려도 겨울만 온다

복잡한 부분을 긁어보았지만
여전히 복잡해요

나중이 되면
볼품 있을 텐데 지금은
마당에 널린
잔가지나 다름없어요

봄
여름
가을을
잔뜩 공들였는데

이게 웬 겨울인가요

산뜻한 걸 기대했는데
입 삐뚤어진 겨울이라니요

엄살에도 쉽게 따뜻해지지 않아요
구석에서 더 구석으로 자릴 옮겨도
차가운 구석뿐이에요

삼 년 버틴 겨울이지만

아직 인사 나누는 사이 아니에요

남들은 말하죠 소복하게 쌓인
백지 위를 걷고 넘어지는 것이
얼마나 괜찮냐고

난 괜찮지 않아요

거짓말로는 녹지 않으니까요

바다는 아래로 깊고 나는 뒤로 깊다

뒤로 물러섭니다
약속 시간에 늦었지만
나를 믿고 뒤로 물러섭니다

보이는 것은
되돌리려는 마음뿐입니다

뒤에서 해결하려는 버릇은
도대체 어디에서 왔을까요

지난 일들은 쉽게 잊혀도
미래는 안 잊히는 데에서
왔을까요

가방을 뒤로 메고
신발도 옷 입은 뒤에 신고
발 맞추는 것도 뒤에서 맞추고
약을 삼킬 때도 목을 뒤로 젖히고

도대체 숨바꼭질도 아니고

화도 내보았지만
화도 뒤에서 내고 있더군요

아마 내가 보이는
사람은 없을 거예요
그렇기 때문에 오늘도

바다는 아래로 깊고
나는 뒤로 깊습니다

귤의 이름은 귤, 바다의 이름은 물

바다를 보면 어쩐지 번거로워져요
멋지고 놀라워도 어쩐지
번거로워져요

봄을 꽃이나 감동이라 부르지 않고
그냥 봄이라 부르는 것처럼
바다도 서쪽과 동쪽으로 구분하지 않고
파랗다거나 칠흑이라 표현하지 않고

그냥
물이라고 부르면 될 텐데
번거롭게도 바다 앞에선 생각이 많아져요

바다는 트럭도 삼키고 고양이도 삼키지만
중력 앞에서는 한없이 약해져요 그렇기 때문에
매일 밤마다 중력을 이기는 달을 보면서
어쩔 줄 몰라하는 것이에요

그때마다 나는 달빛 아래서 성별도 없는 달이
까맣게 그을리기를 바라고 원하게 돼요

바닷물이 닿았던 골목길을 한 줄 한 줄 모아서
땋다보면 땋는 과정에서 열 번의 한숨 끝에

준비 없이 비를 맞게 돼요

홀딱 젖었고 골목길에 끊긴 곳이 없었으므로
바다와 관련된 나의 모든 것은 아직 늦지 않았다고
생각하게 돼요

거울을 보면 수국의 슬픔이 서 있어요

귤이 내게 준 것이 귤인 것처럼
봄이 내게 준 것이 봄인 것처럼
소나기가 내게 준 것이 물인 것처럼
바다가 앞으로 내게 줄 것도
그거라면 좋겠어요

나비라서 다행이에요

꿈에 나타난 할아버지

내 할아버지가 맞나
얼굴을 하나하나 살펴보니
광대 근처에, 낯선 구멍 하나

어쩌다 눈이 세 개가 되셨냐고 물으니
내가 보고 싶어 그러셨단다

아프지 않으셨냐고 물으니
나비가 앉았다 날아간 정도라며 웃으신다

내가 눈으로도 마음으로도
억장이 무너지는 듯해
침만 삼키고 있으니

까닭을 알게 해서 미안하다고 하신다

마시면 마실수록 꺼내지는 건

그어지면 그어질수록 나에게 밀리는 건
나 같아요

마시면 마실수록 우는 사람은 나 같아요

사실 우는 것 같은 기분만 느껴봤지
울어본 적 없어요

밀리면 밀릴수록 도착하게 되는 곳은 바다인데
그곳에 서면 선을 부르게 돼요
하지만 부르면 부를수록
우는 소리 같아서 참아야 해요

참으면 참을수록 얻어지는 건
내일이에요

내일만 몇 년째예요
내일은 아무 소용 없어요
모래 위에 적히지 못하는 파도만큼이나요

하나 남은 바다에 부는 바람

걸을 때 미풍이 불었고
앉을 때도 미풍이 불었는데요
찰칵, 하고 뒤돌았을 땐
낮의 세월이 지나갔어요

하는 수 없이
바람 세기에 대해 고민해봤어요

나의 집 창가엔
밤과 낮을 구분하는 식물이 살아요
뒤통수가 예쁜 식물이라
내가 책보다 자주 읽어내려가고 있죠

바람이 시작되면
뒤통수를 내밀며 표정을 가리는데요
싫어서 그러는 건 아닐 거예요

바람이 없으면
식물은 살지 못하니까요

살지 못하는 이유가
이끼 때문은 아닐 거예요

이끼는 바람 부는 곳에서도
태어나니까요 그리고 정해진 운명은
바람에 흔들리지 않으니까요

그렇다면 왜 그럴까요
세상의 많은 일들은 왜 그럴까요

한 문장으로 정리를 해보면

고작이지만

식물이 손가락을 펼 때는
미풍이 불기 때문 아닐까요

산수국이 나비인 줄 알고 따라갔어요

반딧불의 출현이 간절한 한밤중 산속
나비 한 마리의 출현이 반가운 한낮 숲속

항상 낮이 먼저였으니
밤에 대한 이야기를 먼저 할게요

울면
구두가 망가져요
구두가 망가지면서 낸 소리가
별을 퍼지게 만들었어요
별이 많아 밝아졌으니 지금이 어찌 밤인가요

항상 산이 컸으니 숲을 키워볼게요

숲에서 크게 웃다가
허공에 묻어나는 먹물을 보고
웃음도 말의 한 종류라고 생각했어요
우린 말을 많이 했어요
말이 선명한 검은색으로 보이는 낮에
말을 많이 했어요

자주 지름길로 가려 했어요
그때마다 길들여지지 않은 나비들이

파랗게
여기는 아직 가을이 아니라고 말했어요

때를 잘못 맞춰 왔지만
괜찮아요

우린 그냥 산수국이 나비인 줄 알고
따라왔을 뿐이니까요

잘 산 물건이 있나 가방을 열어봤어요

먼 나라에 혼자 가는 방법은
나도 알고 있어요

재미있는 이야기 해드릴게요

지난번에 비행기를 타고
어디를 좀 다녀왔는데
그곳 사람들이 전부 나만 쳐다봤어요

분명 제주에서는 예쁜 천인데,
설마 욕은 안 했겠죠

사람보다 꽃이 많은 집을 보면서
집을 잘 샀다고 집주인을 칭찬했어요
그리고

나도 잘 산 물건이 있나
가방을 열어봤어요

열어만 봤어요

굳은살 없는 빵을 혀로 씹어먹었어요
녹여 먹는 시간보다 오래 걸릴 것 같아서

혀로 씹어먹었어요

내 앞에 앉은 집주인이
줄어드는 빵을 시계 쳐다보듯 보길래
이 시계는 느리게 가니까
다른 걸 쳐다보라고 했어요

꽃 붙었을 때 한 번 다녀왔으니
꽃 떨어졌을 때 한 번 더 갈 거예요

내가 담근 술은 얼마나 독할까요

구멍난 벽에 손을 넣고
무언가를 기다리는 사람을 봤어요

그 사람을 따라
나도 자판기에 손을 넣었더니

그날부터 잠이 오지 않았어요

참새도 밤에 놀 수 있어야 한다고
생각하던 차에 다짐했어요
가로등을 세우자고

가로등을 세우기 위해서는
나만 필요했어요
매일 밤마다 산책을 나갔죠

어두운 자리를 찾아간 다음
넘어지기를 반복했더니
넘어지던 그 자리에 가로등이 생겼어요

내가 담근 술은
얼마나 독할까요?

나를 피하는 참새는
나를 독한 사람으로 보기 때문이 아니에요
나를 이상하게 쳐다보는 건
세상 모든 어미새뿐이에요

어미새가 그러는 이유는
넘어질 때의 내 표정이 매번
웃고 있었기 때문이에요

하고 싶은 말 지우면 이런 말들만 남겠죠

바다에 지금
물만큼이나 많은 바람이 있어요
생긴 걸 그대로 유지해도 되련만
물은 물을 더 부르네요

그렇게 뜬 무지개

무지개는 절대
바람에 밀리지 않네요

무지개가 무슨 힘이 있겠어요
그저 힘을 빼버리니
무엇에도 밀리지 않는 거겠죠

나도 무지개처럼 살까요

그럴 수 있을까요, 고민하고 있는데
말이 한 마리 지나가네요
말의 발자국이 검어요 말도 고민을 하나봐요

무지개는 다시 뜰까요
알고 싶어요

핑계 맞지만 알고 싶어요
움직일 줄 모르고
사라질 줄만 아는 무지개에 대해서

왜 오래 머물면 안 되는지

4부
물

눈물이 구부러지면 나도 구부러져요

메밀이 물기를 털 때 메밀은 시끄럽게 떠들어요 이곳은 메밀꽃밭이에요 하나부터 열까지 메밀꽃밭이에요 메밀꽃을 사람으로 바꿀 순 없지만 구름으로 바꿀 순 있어요 바꾸고 나면 마음이 아파지죠 여러 명의 구름 안에는 내가 찾는 사람이 없으니까요 구름 위는 걷기 좋아요 걷다보면 그를 만나는 과정이 생기며 여태 이렇게 살아왔어요 걷다보면 도로도 나오고 고라니도 나오고 문제도 발생하지요 매일 밤 열두시에 발생하지요 오늘은 부디 메밀꽃을 그 사람으로 바꿔주세요, 라고 말하게 되는 문제요

메밀꽃을 손에 넣는 일은
며칠 뒤에 반드시 후회를 불러옵니다
꽃이란 평범한 것이니까요
그 사람은 사 년째 시들지 않았습니다
섬에 없을 뿐이지 사 년째 모래알 같습니다

새벽을 지나가겠다고 한 적 없는데
시간이 새벽을 지나갑니다
눈물이 구부러져서 나도 허리를 구부립니다

보고 싶다고 말하면 볼 수 있는 게
꽃과 해와 달입니다 술 한잔이 생각납니다

사랑하고 싶은 잘못밖에 없습니다
이렇게 나는 못됐습니다

물기는 물방울이 되어 구를 수 있습니다
그걸 눈물이라 부를 수 없습니다

이별은 풀밭처럼 생겼습니다
꽃이 바닥난 것처럼 말입니다

서운한 감정은 잠시라도 졸거나 쉬지 않네요

추억하는 일은 지쳐요

미련은 오늘도 내 곁에 있어요

내가 표정을 괜찮게 지으면
남에게만 좋은 일이 생겨요

복잡한 감정을 닦아내기엔
내 손짓이 부족해요

용서는 혼자서 할 수 없죠
하는 수 없이
새벽 늦게 잠이 들죠

이번 문제 때문에
단 몇 초 만에 터널이 막혔어요
괜찮은 척 애써도 어떻게든
터널은 뚫리지 않았어요

영영 마주치지 않게 해달라고
빌었던 적 없으니 만나야 했어요

속은 한번 상하면 돌이킬 수 없어서

아껴야 하는데, 이미 돌이킬 수 없어서
목요일은 잔뜩 풀이 죽어야 했어요

당신은 왜 일을 이렇게 만들었습니까?

외치고 싶을 때마다
나는 제법 멀리에 서서
되도록 비좁은 자리에 서서
가능한 한 당신이 없는 길에 서서

겉보기에만 괜찮은 표정으로
남 좋은 일 시켜줍니다

눈동자 하나 없는 섬을 걸었다

말 그대로
눈동자 하나 없는 섬을 걸었다
가을이 서러워서 그랬다

바다는 하늘을 가졌고
때때로 내 얼굴을 가지기도 하였지만

나는 그저
빈 섬에 몸담은 유일한 슬픔이었다

글이 책에 묶여 있는 것처럼
숲에 묶여 있는 유일한 슬픔이었다

언제 흘렸는지 모르는 내 얼굴을
바다 표면에서 발견하는 것처럼
혼자 있어야 발견될 수 있는 슬픔이었다

혼자 있어서 발견된 질문도 하나 있었다

섬은 무엇으로부터 시작되었나

답을 허공에 부탁했을 때
아무런 대답이 없었으므로

내 나름대로 생각해야 했다

생각은 가꿔도 칙칙했다

불어오는 바람에 기적은 없었다
기적을 바라지 않으니 참을 것도 없었다

빛을 비춰볼 것도 없었다

하늘에 갇힌 하늘

나무보다 높은 집이 없어서
하늘에 묻은 때가 다 보인다

하늘이 깊은 잠에 들지 못하는
이유가 다 보인다

처음이다
지금처럼 처음이다

하늘을 조금 더 자세히 보기 위해
신발을 신는다
신발을 신으니 나는 식물이다

식물이 비를 기다리는 이유를
하늘은 알까, 안다면
진한 감정 하나 때문이라는 것도 알까

그 감정을 감추기 위해
구름보다 안개를 부른 것까지도 알까

안개로 사람들의 시야를
잘 가려주기만 하면
일이 해결된다고 믿는 것도 알까

알긴 뭘 알까

빳빳한 구름 마주하는 순간에나
조금 눈치채겠지

화분에 갇힌 식물에 대해

저녁 먼저 먹을까, 계절 먼저 고를까

창밖 저 오름에서는
삼나무가 사람으로 살아가고
갈대가 귀신으로 살아가요

갈대밭을 무시하고 오르기 시작한다면 당신은
삼나무 사이에 갇혀버릴 것이고
그대로 삼나무가 되어버리고 말 거예요

나도 언젠가 갇혔던 적이 있었는데요
일주일 만에 겨우 풀려날 수 있었어요
삼나무가 되지도 않았고요

그럴 수 있었던 이유는 지도 한 장 때문이었어요
그 지도는 계절의 진술이 적힌 특이한 지도였는데
그걸 주고 풀려날 수 있었죠

지도를 넘긴 그해 겨울은
섬에 눈이 내리지 않았는데요
그 지도에 겨울의 진술이 없었기 때문이에요

대신 그해 봄은 길었어요
이쑤시개만큼이나 길었어요

작은 오름에서 시작된 시작으로
한 해가 망가지기도 한다는 걸 알았어요

헛소리 말고 밥이나 먹으라는 사람이
내 앞에 없다는 것도 알아버렸어요

그늘을 벗어나도 그게 비밀이라면

바람은 차갑거나 뜨겁고
나무는 키가 작거나 크고
한 시절은 머물거나 건너가며
말 한마디는 사람을 달래거나 그 반대인데
너는 하나예요

지금 어디에 있어요?

별은 변하거나 가로등이며
달은 안기거나 안을 수 있죠

우리 사이에
조금 더 숨어들어가볼까요

공기는 오름을 오르거나
어지럽게 흔들리고, 향기는
매번 어디쯤에 숨어서 나를 봐요

골목길에 존재하는 모든 각에
불빛을 비춰도 우리는 살지 않아요

우리의 비밀을 섬 밖으로 내보내면
어떤 일이 벌어질지 너도 나도 몰라요

한번 떠나보낸 비밀은
다시 만날 수 없으니 신중해야 해요

마당으로 외출하는 것도
신중해야 해요

이대로 오늘은 날이 아니라면
비밀은 어디 못 가요
계절만 가요

입에 담지 못한 손은 꿈에나 담아야 해요

나요
오랜 미련에 색이 남아 있다면
손바닥으로 전부 문지를 거예요

왜냐하면요
그 미련들은 현재의 나와
함께할 수 없기 때문이에요

문지르다가 손에 색이 옮겨붙으면
새끼손가락만 빼고 다 버릴 거예요

약속은
현재에서도 살아야 되니까요
꿈자리처럼 지켜야 하니까요

달아나려는 밤을 붙잡았더니
가로등이 할 일을 시작합니다
가로등이 만든 길을 흰 눈이 걸어갑니다
걸음걸이가 내게 속삭입니다

졸린 눈을 비비면서
속삭이는 소리를 들어봅니다

듣고 싶은 소리가 들릴 줄 알았는데
바람이 먼저 들었는지 아무 소리도

없습니다
한눈팔지 않았는데, 없습니다
난 괜찮을 겁니다

공백은 언제고 밉지 않으니까요
공백은 언제고 색이 없느라 빛이니까요

물잔에 고인 물

보일 듯 말 듯한 물을 마셨어요

이 느낌이 그 느낌이 맞는다면
나는 바랄 것이 없을까요

젖은 하늘에서
비가 오지 않네요
뭐라도 던져서 반응을 보고 싶은데
내가 가진 건 말뿐이네요

하고 싶은 말을
허공에 수차례 던져도
아무도 손대지 않네요

비는 왜
섬에 오지 않을까요

뜬구름이 나를 그늘진 사람으로
만들어버렸는데도 왜 오지 않을까요

기다리다 기다리다 마지못해
비가 내리면
그땐 우산으로 나를 가릴 거예요

우산 아래서는
그를 만난 표정을 지어도,
어떤 고백을 해도, 물건을 훔쳐도,
숨어 있어도, 눈에 띌 테니까요

조개가 눈을 뜨는 이유 하나 더

틈이란 틈은 전부 찾아다니는
빛 때문에
오늘 아침에도 조개가 눈을 뜹니다

조개가 눈을 뜨니
바다의 관상이 변합니다
문틈에서 흔히 발견되는 관상입니다

내 마음을 몰라줄 관상입니다
관상대로 움직일 관상입니다
어떤 투정도 순화시켜 받아들일 관상입니다

눈으로 보이는 것만 믿을
그런 관상입니다
그러니 내 진심을 모르지요

별거 아닌 일로 바뀔 관상이기도 합니다

밤이 오면 사라지는 빛 때문에
조개는 눈을 감을 테고, 자연스레
바다의 관상도 다시 변할 겁니다

눈을 감으니 굉장히 순한 관상입니다

이목구비를 바꿔놓아도 눈치 못 챌
그런 관상입니다

슬쩍
바꿔봅니다

바꾸면서 어깨도 건드려보고
몰래 손도 잡아봅니다

나무는 흔들릴 때마다 투명해진다

나무는 신처럼
하늘과 가깝고 수염도 자라고
늘 같은 자리에 머물지만
내 소원을 들어줄 리 없다

한순간도 내게
솔직해질 용기를 줄 리 없다

편애도 없다 편애도 없는 건
다행이기도 하고
불행이기도 하다

어쩔 수 없이 나에게 노력이 필요하다
이것이 아침마다 손이 따뜻한 이유다
관심을 얻기 위한 온도다

온도의 숫자를 하나둘 올리다가
내 손가락이 몇 개나 접혔을 때쯤
손에 불이 날까

불은 모르고 손은 안다
세상에서 가장 뜨거운 소리는
손바닥에 있다는 사실을

손은 모르고
나는 안다

이제 결정해야 한다는 것을

노을 말고, 노을 같은 거

어떤 날은 노을이 밤새도록
계단을 오르내리죠
그 노을에 스친 술잔은 빛나기 시작하죠

그뿐이죠

그저 그뿐인 것에 시선이 가죠
술을 삼키거나 회를 삼킬 때마다
떴다가 지는 노을에요

그의 목에 있는 노을을 건드리고 싶지만
내가 사는 곳은 동쪽이라
손댈 수 없죠

술을 마시고 마셔도 내 목에는
노을 지지 않죠
시간만 가죠

밤이 뛰어오죠
이제는 헤어질 시간이죠
노을 가까이에 다가갈 방법을 알지만
오늘은 날이 아니란 것도 알죠

그는 노을과 함께 곧 이 섬을 떠나죠
그뿐이고 그러니 오늘뿐이고
모든 것들은 원래 다 그렇죠

봄날의 꽃처럼
한철 잠깐이라고 생각하면 편하죠

올해는 오늘까지만 아름답다,

이렇게요

꿈결에 기초를 둔 물결은 나를 대신해서 웃는다

섬에는 호수와 숲과 바위만
존재하는 것이 아니에요

입도 존재하고
목도 존재해요

용기가 엎히는 날이면
섬이 말을 하기 시작하는데요 그
말을 듣기 위해서는 정착이 필요해요

긴 목을 통과하는 속도와
입 모양이 결정하는 소리와
섬 한 바퀴를 도느라 뒤바뀐 내용을
참작하기 위해선 섬에 살아야 하거든요

굳이 이렇게라도 듣고 싶은
한마디는
삼 년간 내 근처에 오지 않았어요 그래도
삼 년간 나쁘다고 생각해본 적 없었어요

입과 목이 있는 김에
눈도 달고 태어나지 그랬어요
기다리는 사람 표정이라도 살피시게

고드름도 꿈속에서 물결을 보는 섬인데
네가 나를 보지 못할 줄 몰랐어요

입김 없이는 꿈도 없어요
추우면 추운 쪽에서
먼저 불어야 해요

우리 사이를 메우는 것이
바다라는 생각이 들면
육지로 가야 해요

섬에서 자연 같은 일이
유일하게 이거라면 말이에요

해설

자연에서 자유까지
—웃는 사람 이원하

신형철(문학평론가)

1. "섬이 되어버린 입장"

2018년 새해 첫날 그의 신춘문예 당선작「제주에서 혼자 살고 술은 약해요」를 읽은 어떤 사람들은 제목에서 한 번 놀라고, 시를 읽은 뒤 두 번 놀라고, 자신이 신춘문예 당선작을 읽고 놀랐다는 사실에 세 번 놀랐을 것이다. 윗세대들에게는 김경미의 유명한 등단작「비망록」(1983)을 다시 읽는 느낌이었을까. "햇빛에 지친 해바라기가 가는 목을 담장에 기대고 잠시 쉴 즈음. 깨어보니 스물네 살이었다." 나는 박연준의「얼음을 주세요」(2004)를 다시 읽은 것도 같았다. "이제 나는 남자와 자고 나서 홀로 걷는 새벽길/ 여린 풀잎들, 기울어지는 고개를 마주하고도 울지 않아요." 이원하의 시는 저 선배들의 시가 그렇듯이 환하게 시렸다. 감정 속에 스스로 잠겨 있어 시적 논리화에 실패한 경우도 아니고, 이미 생기를 잃은 감정을 그 바깥에서 수습하고 있는 경우도 아니다. 분명히 감정 속에 있는데도 그것과 거리를 조절하며 여유를 구가하는 이런 재능은 어떻게 갑자기 나타났을까. 시인 박준이 그 세대에서 특별한 예외이듯 이 시인 역시 그렇다고 해야 할 것 같다.

내가 쓸쓸해도 이 섬에 버티는 이유는
동백꽃 필 때 마침 얼굴이 빨갛기도 할뿐더러
섬에서 살 수 없다면 배 위에서라도 살고 싶었던 때가

있었기 때문이에요

—「내가 나를 기다리다 내가 오면 다시 나를 보낼 것 같아」 부분

빨래를 하려고 일어났다가 오랜만에 쏟았다
내가 하도 울어서 바다가 생겼다
멍든 물을 뒤지다가 바람을 쓰러뜨렸다
파도도 내가 그랬다

—「누워서 등으로 섬을 만지는 시간」 부분

이렇게 어디를 펼쳐도 확인할 수 있는 것은 자연과의 고전적 연루 상태이다. 또래 시인들에게 보편적이지 않은 이 자연과의 친분은 왜 있는가. 자연에 가까이 가려는 것들 중 하나는 상처 입은 이들의 마음이다. 그 마음들은 왜 그렇게 되는가. 스피노자에 따르면 이 세계에는 오직 자연이라고 하는 실체만이 있다. 법칙에 의한 인과적 필연성의 세계, 그것을 스피노자와 함께 우리는 자연이라고 부른다. '신체'와 '마음'은 그 자연의 두 가지 속성이어서 둘은 나란히 함께 간다. 어려운 말들이 뒤에 이어져야 하지만, 우선은 신체가 그러한 만큼 마음도 역시 자연이라는 것만 적어두자. 혹시라도 제 마음이 (자연이 아니라) 자유에 가깝다고 느끼는 사람은 인과적 필연성 너머에 있는 것이 아니라 오히려 그것이 무엇인지를 모르고 있는 것일 뿐이다. 우리는 자유롭

지 않다. 그러므로 상처 입은 마음이 자연을 향하는 것은 마음이 자연 속에서 자기 자신을 발견하기 위해서다. 해가 지고 밤이 오고 눈비가 내리듯이, 내 마음도 그와 같은 인과적 필연성의 산물임을 실감하고 수락하기 위해서다. 아마도 그게 위로가 되는 때가 있는 것이리라.

그러나 '자연은 마음과 같다'고 말하는 것은 '마음은 자연과 같다'고 말하는 것과 다르다. 자연을 마음으로 본다는 것은 고전적인 서정적 투사의 다른 사례에 불과한 것이지만, 마음을 자연으로 보겠다는 것은 마음을(그것을 지배하는 인과적 법칙성을) 인식의 대상으로 삼겠다는 의지의 표현이다. 그리하여 마음이 자연임을 실감할 때, 마음은 자연에서 자유로 바뀐다. 어떤 것의 필연성을 인식할 때 그것으로부터 자유로워질 수 있기 때문이다. 물론 쉬운 일이 아니다. 스피노자의 말대로라면 그것은 인간이 행복해지기 어려운 딱 그만큼 어렵다. 자연에서 자유로 가는 길, 그 어디쯤에 우리가 있고, 우리의 시도 있다. 이원하의 시는 자연에서 자유로 가는 그 여정중에 쓰이고 있다. 나는 이 책의 맨 앞에 실린 「제주에서 혼자 살고 술은 약해요」를 가장 마지막에 읽으려고 한다. 이 시가 자유에 가장 가깝게 다가가 있음을 보이고 싶다. 언뜻 보기와는 달리 이것은 무슨 유혹의 시가 아니라 오히려 그 반대일 수 있다는 말을 해보고 싶은 것이다.

2. "그날부터 웃기만 했어"

너에게 불쑥, 하나의 세상이 튀어나왔을 때
나에게는 하나의 세상이 움푹, 꺼져버렸어

그날부터 웃기만 했어
잘 살펴보지 않으면 속을 알 수 없지
원래 어둠 속에 있는 건 잘 보이질 않지

빛을 비추면 나를 알아주지 않을까 싶어서
웃기만 했어

얼마나 오래 이럴 수 있을까
정말 웃기만 했어

처음으로 검은 물을 마셨을 때
빈자리의 결핍을 보았어
결핍에게 슬쩍 전화를 걸었는데 받았어,
받았어
결핍이 맞았던 거지

나는 오 년 뒤에
아빠보다 나이가 많아질 거야

그날은
시장에서 사과를 고를 때보다도 더
아무 날이 아닐 것이고
골목을 떠도는 누런 개의 꼬리보다도
더 아무 감정도
별다른 일도 없겠지

—「빛이 밝아서 빛이라면 내 표정은 빛이겠다」 전문

'나'는 누구인지 알 수 없는 '너'에게 털어놓는다. 언젠가 하나의 세상이 소멸된 때가 그에게는 있었다. 6연에서 짐작할 수 있듯이 그것은 아버지의 떠나감이다. 그날부터 나의 삶은 달라졌다. 어둠 속에 있다가는 아무도 날 보지 못할까 봐 자신에게 빛을 비추기로 한다. 그것은 웃는 일이다. 그러면 "나를 알아주지 않을까 싶어서" 웃는다. 그렇게 내내 웃기만 했으므로 스스로도 잊은 줄 알았던 결핍이 있었는데, 일상의 어느 작은 순간, 이를 테면 커피("검은 물")를 처음 마셔본 청소년기의 어느 날에, 갑자기 확인된다. 결핍인가 하고 결핍의 번호로 전화를 걸었더니 받더라는 재치 있는 표현은 내용의 무거움을 안쓰러운 부력으로 밀어올린다. 그러나 그러고도 꽤 시간이 흘렀다. 아빠보다 나이가 많아질 무렵이면 결핍에 대한 자각도 흐릿해지는 때가 올 것이라 예감할 수 있을 정도로 말이다. 우리가 웃음에 대한 이 시의 신선한 정의, 즉 '웃는다는 것은 나 자신에게 빛을 비추어 나를 어둠 속에서도 보이게 하는 일'을 잘 기억해둔다면 다음 시에 나오는 빛도 납득할 수 있게 된다.

눈이 쌓이는 만큼 빛은 자기를 최대한 펼쳐놓아요
펼쳐서 얻는 게 별로 없을 텐데도
사람 좋은 사람처럼 자신을 바닥에 널어놓아요
저렇게 물도 들지 못하고 웃으며 사는 것 좀 보세요
—「참고 있느라 물도 들지 못하고 웃고만 있다」 부분

시의 앞부분에서 시인은 하얀 집에 눈까지 내린 것을 기뻐한다. 그런데 인용한 연에서는 왜 눈이 아니라 빛에 대해 말하는가. 눈 덮인 마당에 햇볕이 내리쬐고 있었던 모양인데, 그것을 보고 다음과 같은 생각을 하는 것은 확실히 일반적이라고 할 수 없을 것이다. '저 빛은 자신을 바닥에 널어놓고 있구나. 얻는 것도 없이, 사람 좋은 사람처럼. 눈을 녹여 물을 들어올리지도(즉, 증발시키지도) 못하고, 그저 웃고만 있구나.' 이 특이한 발상은 시인의 연상 구조에 대해 알려주는 것이 조금은 있다. 자신에게 특별히 이로울 것 없는데도 그저 그럴 수밖에 없어서 계속하는 누군가의 모습을 볼 때 시인은 그가 '웃고 있다'고 생각한다는 것, 이 시인이 웃는다는 행위에 습관적으로 어떤 의미를 부여하고 있을지도 모른다는 것. 웃어야 한다, 빛을 내야 한다, 라고 말이다.

이쯤 되면 이런 웃음은 감정이 아니라 태도가 된다. 상황이 웃겨서 웃는 것이 아니라 웃음으로써 상황이 웃겨지는 것이다. 부재가 주는 결핍, 그것을 관리하는 방식 중 하나로서의 웃음. 그러므로 이 시집의 여러 곳에서 이 시인은 웃는다.

1)
나를 피하는 참새는 나를
나를 독한 사람으로 보기 때문이 아니에요
나를 이상하게 쳐다보는 건
세상 모든 어미새뿐이에요

어미새가 그러는 이유는
넘어질 때의 내 표정이 매번
웃고 있었기 때문이에요.

—「내가 담근 술은 얼마나 독할까요」 부분

2)
숲에서 크게 웃다가
허공에 묻어나는 먹물을 보고
웃음도 말의 한 종류라고 생각했어요.
우린 말을 많이 했어요
말이 선명한 검은색으로 보이는 낮에
말을 많이 했어요

—「산수국이 나비인 줄 알고 따라갔어요」 부분

3)
낮이란 낮은
다 사라졌으면 좋겠다

낮에는 자꾸 다짐하게 되니까
새 마음 먹게 되니까
내가 잘 보이니까

자주 무섭다가
그 상태 그대로 매번 웃는다
—「동경은 편지조차 할 줄 모르고」 부분

이 웃음들을 보라. 순서대로 말하자면 시인은 1)넘어질 때도 웃고(어린 참새는 모르지만 어미새는 내가 독하다고 생각할지도 모른다고 생각하면서), 2)말을 하는 대신 웃고(웃음도 말의 한 종류라서, 한바탕 웃고 나면 허공에 글씨가 적힌다고 믿으면서), 3)무서울 때도 웃는다(내 안에 다른 마음이 있어 그것이 나를 무섭게 할 때 그에 대처하기 위해서). 그러니까 그는 '웃는 사람'이다. 뜬금없이 떠오르는 것은 슐라미스 파이어스톤인데, 그는 여자가 아이처럼 귀엽게 굴기를 원하는 남자들의 억압적 욕망에 부응하려 십대 시절

자주 지었던 신경 경련과도 같은 가짜 웃음으로부터 벗어나기 위해 꽤 노력해야 했다고 고백한 적이 있다. 여성해방운동을 위해서는 '미소 거부(스마일 보이콧)'부터 할 필요조차 있다고 말이다.(『성의 변증법』, 4장) 이원하의 웃음은 타자가 아니라 자기를 향해 있다. 그는 제 결핍을 웃는다. 이 웃음은 시소의 한쪽 끝에 올라탄 웃음이기 때문에 반대쪽 끝에는 꼭 그만큼의 울음이 있을 수밖에 없다. 이 감정의 균형잡기는 이원하 시의 중요한 본질이다. 이 웃음과 울음에 대해 계속 이야기하자.

3. "침착만 백 송이를 가졌네요"

꿈에 나타난 할아버지

내 할아버지가 맞나
얼굴을 하나하나 살펴보니
광대 근처에, 낯선 구멍 하나

어쩌다 눈이 세 개가 되셨냐고 물으니
내가 보고 싶어 그러셨단다

아프지 않으셨나 물으니

나비가 앉았다 날아간 정도라며 웃으신다

내가 눈으로도 마음으로도
억장이 무너지는 듯해
침만 삼키고 있으니

까닭을 알게 해서 미안하다고 하신다
—「나비라서 다행이에요」 전문

꿈에 나타난 할아버지의 얼굴에 구멍이 나 있어 웬 상처인가 했더니 나를 보기 위해 생긴 또하나의 눈이라고 한다. 할아버지는 자신이 감수한 고통을 한껏 낮춘다. "나비가 앉았다 날아간 정도"만큼의 고통이 있었다고 말이다. 이 시의 핵심은 그다음, 먹먹해하는 화자에게 할아버지가 한 술 더 뜨는 대목에 있다. "까닭을 알게 해서 미안하다고 하신다." 내 고통을 네가 알게 해버려서 너를 아프게 했으니 그것이 미안하다는 것. 침만 삼키고 있었던 화자가 하고 싶었던 말은 제목으로나 겨우 얹혀 있다. "나비라서 다행이에요." 나비가 앉았다 날아간 만큼 아프셨다니, 나비가 아니었다면 그 통증이 얼마나 컸을까. 시인이 할아버지의 영향을 받은 것인지 시인이 제 모습을 할아버지에까지 투사한 것인지는 알 수 없지만 분명한 것은 두 사람이 닮았다는 것이다. 이런 식으로 그들은 '웃는 사람'인 것이다. 그러나 열심히 웃는 사람은 눈물이 없는 것이 아니라 참고 있는 것일 뿐이다. 그들은 혼자서 운다.

1)

하도리 하늘에
이불이 덮이기 시작하면 슬슬 나가자
울기 좋은 때다
하늘에 이불이 덮이기 시작하면
밭일을 하는 사람은 아무도 없을 테니
혼자 울기 좋은 때다

위로의 말은 없고 이해만 해주는
바람의 목소리
고인 눈물 부지런하라고 떠미는
한 번의 발걸음
이 바람과 진동으로 나는 울 수 있다

—「여전히 슬픈 날이야, 오죽하면 신발에 달팽이가 붙을까」 부분

2)

무너지듯 주저앉아 울 수 있는
의자를 하나 살까요
사람 때문에 무너져본 적 없는

잘 살던 의자를요

아니다, 앞으로 자주 울지 않을 거니까
아무 의자나 살까요
고민이네요
자고 일어나서 다시 생각할까요
—「가만히 있다보니 순해져만 가네요」 부분

시인은 제 감정의 시소 반대편에 얹힌 울음을 이 시들에서 꺼내 보인다. 그러나 그 반대편은 여전히 어둑하다. 시인은 대체로 웃는 사람이기를 원하기 때문이고, 그래서 언제 어디서나 울 수는 없다고 생각하기 때문이다. 1)은 울 수 있는 '시간'에 대해 말한다. 하늘에 이불이 덮이는 시간이란 어둠이 내리는 시간이리라. 그러면 사람은 없고, 바람과 걸음만 있다. 바람은 너를 이해한다고 말하고, 내 걸음은 참지 말라는 듯이 나를 덜컹거리게 한다. 이들 "바람과 진동" 속에서 눈물은 겨우 흐른다. 2)는 울 수 있는 '자리'에 대해 말한다. 울 수 있는 의자가 따로 필요하다는 것은 아무데서나 울 수는 없다는 것이고 마음속에 울음에 대한 어떤 억압이 있다는 뜻이다. 울기 좋은 의자를 살지 울기 어려운 의자를 살지 고민중인 것을 보니 그 억압은 가끔 흔들리기는 해도 여전히 튼튼하다. 그렇더라도 왜 시소의 균형을 무너뜨리고 싶은 날이 없겠는가. 사실은 눈물을 좋아한다는 다음과 같은 고백은 그간 울음을 참으려 행한 노력이 그만큼 컸다는 고백이기도 하다.

> 눈물을 좋아해
> 눈물을 즐기려면
> 누군가를 사랑해야 해
> 사랑해야 뿔뿔이 흩어진 감정이
> 한곳으로 모일 테니까
>
> —「그게 아니라 취향, 취향」 부분

사랑을 할 때 생기는 변화를 적은 이 구절을 거꾸로 읽으면 시인이 사랑을 하지 않을 때에 하는 일, 즉 웃음을 통해 해낸 일이 무엇인지를 앞에서와는 다른 말로 한번 더 적어볼 수 있다. 그것은 '감정을 뿔뿔이 흩어지게 하는' 방식으로 감정을 관리하는 일이다. 그러나 그에게도 울 수 있는 좋은 핑계가 있는데 그것은 사랑이다. 사랑을 하면 감정은 한곳으로 집중되어 에너지를 갖게 되는데 그 에너지는 우는 데 사용될 때가 있다는 것. 이제 우리는 이번 시집의 한가운데로 들어간다. 이 시집 전체가 그렇다고 해도 되겠지만, 더 분명하게 사랑의 페이지인 곳이 시집 속에 있다. 미리 말해두어도 좋을 것은 그런 사랑의 시들에서도 이 시인이 본인이 기대한 만큼 실컷 울게 되지는 않는다는 것이다. 감정을 관리하는 방식은 쉽게 바뀌지 않는다(그게 '성격'이라고 불리는 것이기도 하다). 그러나 사랑 때문에 감정의 시소가 흔들리기는 한다. 아래와 같이 말이다. 그리고 그것은 그의 시를 위해서는 꽤나 다행스러운 일이라는 것을 차차 확인할 수도 있다.

4. "울게 되는 지점"

1)
눈에 경련이 왔고
한 사람의 얼굴이 득달같이 달려들었으나
알아보지 못했으므로 섬의 뿌리를 파먹었다
나방을 먹는 느낌이었다
—「누워서 등으로 섬을 만지는 시간」 부분

2)
얼굴 하나를 그리워한 지 오래되어
하품이 나오지만 그래도
얼굴 하나가 진득이 그리워요
—「투명한 외투를 걸쳤다면 할일을 했겠죠」 부분

3)
바람은 차갑거나 뜨겁고

나무는 키가 작거나 크고
한 시절은 머물거나 건너가며
말 한마디는 사람을 달래거나 그 반대인데
너는 하나예요

—「그늘을 벗어나도 그게 비밀이라면」 부분

발췌된 파편들이지만 빛을 잃지 않고 있는 이 대목들은 공통적으로 어떤 '한 사람'의 존재를 지시한다. 1)에서 나는 "한 사람의 얼굴"이 떠오르지만 알아보지 못한다고 말한다. 얼굴 없는 그리움? 대상을 특정할 수 없는, 그냥 그 누군가에 대한 막연한 그리움? 아닌 것 같다. 이어지는 "섬의 뿌리를 파먹었다"라는 강한 구절은, 얼굴의 주인을 알아챘으면서도 외면하려 애쓰는 상황의 미각적 표현이 아닐까('쓴웃음'이라는 흔한 비유가 그렇듯이 말이다). 2)도 유사하게 반어적이다. 너무 오랜 그리움은 나를 하품이 나게 할 수도 있는가? 시인은 그럴 수 있다는 듯이 짐짓 딴청을 부리고 있지만, 정말로 하품이 난다면 더는 그리움이 아닐 것인데 굳이 그리움이라는 단어를 고수하고 있을 뿐 아니라 "진득이" 그립다고까지 강조하는 대목에 이르면, 저 하품은 지긋지긋할 정도로 기나긴 그리움의 반어적 표현이 되고 만다. 3)은 바람, 나무, 시간, 말 등이 최소 두 가지 이상의 속성을 갖지만 너는 단 하나의 속성만을 가질 뿐이라고 말한다. 너는, 내가 언제나 그립고 또 그리운, 그런 너로만 존재할 뿐이다. 이제 이 그리움의 대상이 나를 만나러 섬으로 올 수도 있다.

수국의 성대를 잡고 꺾으면
수국이 울고
우는 수국으로
꽃병을 찌르면 그가 좋아해요

꽃병을 찌르다가 수국 대신
내가 울고 싶은데
나를 받아줄 품은 내 품뿐이라
울기에 시시해요

내일모레와 동시에 그가 왔고
준비한 수국을 꺼내려 하는데
그의 팔꿈치에 이미 수국이 펴 있어요

그는 살아요
매년 혼자서 잘 살아요

수국도 내가 참견 안 했으면
잘 살았을 거예요

혼자서 잘 사는 모습을 보게 되는 것이
바로 내가 울게 되는 지점이에요
—「나를 받아줄 품은 내 품뿐이라 울기에 시시해요」 부분

그가 온다고 해서 좋아한다는 수국을 꺾는다. 중요한 사람, 어쩌면 사랑하는 사람이기 때문일 것이다. 그러다 수국이 꺾이면서 운다는 생각이 들고, 사실 같은 말이지만, 내가 울고 있다는 생각이 든다. 그가 오기도 전에 이미 울고 싶어지는 것은 이 사랑이 상호적인 것이 아니기 때문이다. 그는 내가 울어도 "나를 받아줄 품"을 갖고 있지 않다. 여하튼 그는 왔고, 상황은 이렇다. 수국을 꺼내려다가 보니 그의 팔꿈치에 이미 수국이 피어 있었던 것. 이것은 무슨 의미일까. 내가 주려고 하는 것을 그가 이미 갖고 있다는 것이다. 즉 그에게는 결여가 없다는 것, 적어도 내가 알아보고 "참견"할 수 있는 결여는 없다는 뜻이다. 수국이나 그 사람이나, 다 나 없이도 잘 살 수 있는 존재들이라는 것. 사랑은 결여의 교환이기 때문에 내가 참견할 수 있는 결여가 너에게 있어야만 한다. 그것이 없다는 것을 알게 되는 특별한 순간은 쓸쓸하다. 바로 여기가 "내가 울게 되는 지점"이다. 다음 시에도 그가 울게 되는 지점이 있다.

추억하는 일은 지쳐요

미련은 오늘도 내 곁에 있어요

내가 표정을 괜찮게 지으면
남에게만 좋은 일이 생겨요

복잡한 감정을 닦아내기엔
내 손짓이 부족해요

용서는 혼자서 할 수 없죠
하는 수 없이
새벽 늦게 잠이 들죠

이번 문제 때문에
단 몇 초 만에 터널이 막혔어요
괜찮은 척 애써도 어떻게든
터널은 뚫리지 않았어요

영영 마주치지 않게 해달라고
빌었던 적 없으니 만나야 했어요

속은 한번 상하면 돌이킬 수 없어서
아껴야 하는데, 이미 돌이킬 수 없어서
목요일은 잔뜩 풀이 죽어야 했어요

당신은 왜 일을 이렇게 만들었습니까?

외치고 싶을 때마다
나는 제법 멀리에 서서
되도록 비좁은 자리에 서서
가능한 한 당신이 없는 길에 서서

겉보기에만 괜찮은 표정으로
남 좋은 일 시켜줍니다
—「서운한 감정은 잠시라도 졸거나 쉬지 않네요」 전문

화자가 추억하는 일에 지친 것은 추억하는 행위 속에 언제나 "미련"이 섞여들기 때문이고 또 "용서"하지 못하겠는 것이 있어서다. 그 사람 앞에서 내가 왜 그런 표정을 지었는가 하는 것은 미련의 문제이고, 그가 내게 준 어떤 서운함이 해결되지 않고 있다는 것은 용서의 문제다. 미련 미해결의 문제는 나를 향해 있고, 용서 불가능의 문제는 상대방을 향해 있다. 이 상태를 화자는 터널이 막혀버린 상태에 비유한다. 그러니까 뒤로 돌아갈 수도 앞으로 나아갈 수도 없는 상태 말이다. 이게 다 "목요일"에 그를 다시 만났기 때문에 겪는 후유증이다. 과거 이들 사이에 무슨 일이 있었는지 자세히 알 수는 없지만 화자는 그에게 "당신은 왜 일을 이렇게 만들었습니까?"라고 한 번은 외쳤어야 하는 입장에 있는 사람이다. 그러나 그러지 못했고 "겉보기에만 괜찮은 표정"을 지으면서 남 좋은 일만 했다는 것이다. '웃는 사람'의 '감정 관리'는 이토록 오래된 버릇이어서 사랑 속에서도 홀가분한 울음을 울지 못하게 한다. 이래서야 상대방이 내 마음을 알 길이 없다. 이제 문제는 '표현'에 있다.

5. "표현이란 것을 해야 한다"

1)
식물이 비를 기다리는 이유를
하늘은 알까, 안다면
진한 감정 하나 때문이라는 것도 알까

그 감정을 감추기 위해
구름보다 안개를 부른 것까지도 알까

—「하늘에 갇힌 하늘」 부분

2)
다 모른 척 깊은 잠을 자버릴까요
자면,
내가 자는 이유를 너는 알까요

—「첫 눈물 흘렸던 날부터 눈으로 생각해요」 부분

웃음과 울음 사이에서, 감정의 관리와 표현 사이에서, 시인이 자주 고민해왔음을 짐작하기 위해서 더 많은 구절을 인용할 필요는 없을 것이다. 웃음을 택해 내 안의 결여를 감춰야만 타인이 나를 받아주리라 믿었는데, 그랬더니 내 안에 있는 것을 아무도 읽어내지 못하는 외로운 상황에 자주 놓였을 것이다. 1)에서 식물이 비를 기다리는 것은 "진한 감정 하나"를 가지고 있기 때문이지만, 그렇다는 것을 감추기 위해 구름 말고 안개를 부르고 있으니, 하늘로서는 식물의 마음속에 무엇이 있는지 알기 어렵게 되고 만다. 감추면서도 알아주길 바라는, 마음의 딴청이다. 2)도 유사한 상황을 그린다. 말하지 않기를 선택하는 행동은 그 자체가 하나의 말이 될 수 있기를 바라는 마음의 소행이기도 하다. 두 시의 후반부에는 "알긴 뭘 알까"나 "이걸 누가 알까요"와 같은 말이 툭 던져져 있다. 냉소와 체념의 기색이라기보다는 포기할 수 없다고 생각하는 희망의 표현 아닌가. 이제 읽을 이 기묘한 우화가 왜 강렬한지는 이런 맥락 속에서 잘 이해될 것이다.

죽은 나무를 구해다 마당에 심었어요
죽은 목숨이었지만 발전이 있어 보였거든요

죽은 나무는 절대
그 누구에게도, 하늘에게도
먼저 다가가지 않았어요

덕분에 나는 죽은 나무를 보며
매일 안심할 수 있었죠

대화를 위해 죽은 나무 위에
공을 매달았더니 생명이 됐어요

그걸 허수아비라고 부르기 시작했어요

드디어 내게도 친구가 생겨서
촛불을 켜고 축하하다가
그만
허수아비의 몸에 불이 붙어버렸어요

아무 말도 할 수 없었어요

나는 아무 말도 할 수 없었지만
허수아비는 그때 한마디했어요

이제야 말이 더듬더듬 나온다고

—「말보단 시간이 많았던 허수아비」 전문

죽은 나무였지만 "발전" 가능성이 보여서 심었다. 죽은 나무의 일차적 장점은 제자리를 지킨다는 것이다. 그래서 이별을 두려워하는 화자를 안심하게 했다. 그리고 발전가능성이 있다는 말이 이거였나 싶게, 나무에 공을 매달았더니 그것이 생명을 얻는 일이 일어난다. 로빈슨 크루소를 재해석한 영화 〈캐스트 어웨이〉에서 원작의 프라이데이를 대신하는 캐릭터가 배구공이었던가. 그것처럼 화자는 자신의 새로운 친구에게 '허수아비'라는 이름도 붙여준다. 그런데 문제는 그다음이다. 나의 실수로 불이 붙은 허수아비, 나는 말문이 막히고 허수아비는 외려 말문이 트인다. 제 몸이 불타는 상황이 되어서야 말을 하게 되는 이야기라니, 이것은 고통 속에서나 겨우 자기를 표현할 수 있는 어떤 존재에 대한 우화일까. 공이 생명을 얻는 것보다 입을 여는 것이 여기서는 더 큰 사건이다. 그저 살아 있다는 사실보다 더 중요한 것은 말을 하는 것이라는 뜻일까. 그렇다면 이것은 '결핍을 웃는' 태도로 자신을 견뎌오다 '남 좋은 일'만 해온 시인 자신을 투사한 이야기가 아닐까. 그렇다면 이제 다음과 같이 말하는 것이 납득이 된다.

1)
밤이 넓어서

초 하나로는 부족할 때
베개 같은 표정은 버리고 싶어졌어요
조용히 지내느라 시끄러웠던 바람소리가
들리지 않았으니까요

회전문처럼 표현이란 것을
해야 한다는 걸 느꼈으니까요

—「선명해진 확신이 노래도 부를 수 있대요」 부분

2)
기다리다 기다리다 마지못해
비가 내리면
그땐 우산으로 나를 가릴 거예요

우산 아래서는
그를 만난 표정을 지어도,
어떤 고백을 해도, 물건을 훔쳐도,
숨어 있어도, 눈에 띌 테니까요

—「물잔에 고인 물」 부분

그래서 이제는 달라지기로 했다. 1)에서 화자는 어느 밤에 누군가와 함께 있다. '초 하나로 다 덮을 수 없는 넓은 밤'이라는 절묘한 표현은 밤이 깊다는 뜻이기도 하고 그 밤의 고즈넉함에 온전히 몰두해 있다는 뜻이기도 하다. '시끄러운 바람소리' 같던 평소의 마음속 아우성이 지금은 충만 속에서 잠잠해졌기 때문이다. 그때 내 마음이 시키는 일은 '표정을 바꾸라'는 것인데, 이 시인이 평소에 어떤 표정을 짓는 사람인지는 우리가 익히 안다. 여기서는 그것이 "베개 같은 표정"이라는 재미있는 비유를 얻었다. 누군가 와서 머리를 누이기를 기다리는 베개처럼 당신이 내 마음을 읽어주기를 가만히 기다리는 일, 이제는 그 일을 그만하겠다는 것이다. 들여놓으면서 또 내놓는 회전문처럼, 당신의 말을 들으면서 내 말도 하겠다는 것이다. 2)에서 이제 '가리는' 행위는 '드러내는' 행위가 된다. 우산으로 가리기 때문에 오히려 우산 속 표정이 보인다? 그게 가능하다고 화자가 낙관한다는 것이 중요하다. 이 낙관이 이원하의 시라고 말할 수도 있다. 그 이야기를 마지막으로 해보자.

6. "지금 자랑해"

이원하의 시를 읽다보면 경어체 화법의 매력에 대해 생각하게 된다. 경어체라고 다 매력이 있는 것이 아니고 경어체의 매력이 하나인 것도 아니다. 나는 특히 「혼자 가는 먼 집」에서 허수경의 상처로 구멍 뚫린 경어체와, '당신'을 향해 말할 때 좀더 은근해지는 이병률의 경어체를 생각하고 있다. 바로 그런 시들의 힘이 이원하에게 있고, 그것도 명도가 한껏 높아진 채로 있다. 경어체란 글이면서도 말인 척하는 것이다. 불특정 다수를 향하는 글이 아니라 한 사람만을 향한 말인데, 청자의 듣기 모드(mode)에 관심을 놓지 않으면서, 즉 눈치를 보면서 메시지를 전달하는 것이다. 너무 속내를 드러내서도 안 되고 아예 감추면 더 안 된다. 그래서 이원하의 시를 읽으면 일반적으로 시가 어렵다고 할 때와는 다른 어려움을, 어쩐지 말하는 사람의 표정을 직접 봐야만 다 이해될 수 있을 만한 그런 미묘함을 느끼게 된다. 요컨대 화자가 청자의 눈치를, 독자는 화자의 눈치를 살피게 되는 그런 소통의 시스템이다. 거기에 다음과 같은 태도까지 더해지면 이제 이원하의 시는 거의 완성된다.

1)
그는 노을과 함께 곧 이 섬을 떠나죠
그뿐이고 그러니 오늘뿐이고
모든 것들은 원래 다 그렇죠

봄날의 꽃처럼
한철 잠깐이라고 생각하면 편하죠

올해는 오늘까지만 아름답다,

이렇게요

—「노을 말고, 노을 같은 거」 부분

2)
영원히, 말고
잠깐 머무는 것에 대해 생각해
전화가 오면 수화기에 대고
좋은 사람이랑 같이 있다고 자랑해
그 순간은 영원하지 않을 테니까
지금 자랑해

—「환기를 시킬수록 쌓이는 것들에 대하여」 부분

원래 이 시집의 화자들이 감정의 표현보다는 관리를 택했던 이유는 제 안의 결핍 때문일 것이라고 우리는 짐작했다. 그 결핍이 마음의 중심에 있는 한, 이후의 결핍도 그 원본을 복사하면서 발생하게 된다. 그러므로 이원하의 시가 완성되기 위해서는 아직 한 가지 절차가 더 남는다. 결핍에 대해 어떤 태도를 취할지 선택하기. 위의 시들을 보면 1)에서는 "한철"에, 2)에서는 "순간"에 방점이 찍혀 있다. 어차피 결핍은 없앨 수 있는 것이 아니라 더불어 살아야 하는 것이므로, 결핍이 잠시 잊히는 시간을 더 충만하게 누려야 한다. "올해는 오늘까지만 아름답다"고 해도 상관없다고 생각하라는 것, 좋은 게 있으면 바로 "지금 자랑"하라는 것. 아름다운 것들

앞에서 그것들이 곧 사라질 것을 생각하며 미리 슬퍼하는 릴케를 다독이는 프로이트처럼 그렇게(「덧없음」). 이로써 이원하 시의 마음의 서사는 완성됐다. 나는 아주 아름다운 기계를 분해했다가 다시 합치는 기분으로 아래 시를 옮겨 적는다. 결국 이 시를 온전히 이해하기 위해 지금까지의 모든 이야기가 필요했다는 느낌이다.

유월의 제주
종달리에 핀 수국이 살이 찌면
그리고 밤이 오면 수국 한 알을 따서
착즙기에 넣고 즙을 짜서 마실 거예요
수국의 즙 같은 말투를 가지고 싶거든요
그러기 위해서 매일 수국을 감시합니다

나에게 바짝 다가오세요

혼자 살면서 나를 빼곡히 알게 되었어요
화가의 기질을 가지고 있더라고요
매일 큰 그림을 그리거든요
그래서 애인이 없나봐요

나의 정체는 끝이 없어요

제주에 온 많은 여행자들을 볼 때면
내 뒤에 놓인 물그릇이 자꾸 쏟아져요
이게 다 등껍질이 얇고 연약해서 그래요
그들이 상처받지 않았으면 좋겠어요
앞으로 사랑 같은 거 하지 말라고
말해주고 싶어요

제주에 부는 바람 때문에 깃털이 다 뽑혔어요.
발전에 끝이 없죠

매일 김포로 도망가는 상상을 해요
김포를 훔치는 상상을 해요
그렇다고 도망가진 않을 거예요
그렇다고 훔치진 않을 거예요

나는 제주에 사는 웃기고 이상한 사람입니다
남을 웃기기도 하고 혼자서 웃기도 많이 웃죠

제주에는 웃을 일이 참 많아요
현상 수배범이라면 살기 힘든 곳이죠
웃음소리 때문에 바로 눈에 뜨일 테니깐요

—「제주에서 혼자 살고 술은 약해요」 전문

수국이 피는 제주의 집에서 그는 산다. 수국의 즙을 짜서 마시는 이유는 화자가 술이 약하기 때문이기도 하겠지만 그보다는 "수국의 즙 같은 말투"를 가지고 싶어서다. 그 말투는 감추면서 드러내는 말을 하기에 적당한 것이므로 소리가 작다. 나의 말을 이해하려면, 하고 그녀는 이렇게 덧붙인다. "나에게 바짝 다가오세요." 수국의 즙 같은 말투를 갖기 위해 살아가면서 그는 자신에 대해서도 더 잘 알게 되었다. "화가의 기질"을 갖고 있다는 것은 "큰 그림"만 그리는 자신을 가볍게 웃어주는 말이지만, 그러나 그의 '큰 그림'이라고 하는 것이 기껏해야 언젠가는 수국의 말투를 갖고야 말겠다는 식의 작은 소망임을 알기에 독자는 함께 미소 지을 수 있다. 여하튼 그로서는 미처 알지 못했던 자신의 모습을 발견했던 것이어서 그는 또 말한다. "나의 정체는 끝이 없어요." 그러니까 제주에서 그는 수련중이고 공부중이다. 우리에게 자기 자신보다 더 열심히 공부해야 할 대상이 있는가. 가장 마음에 드는 "말투"와 "정체"에 스스로 도달하기 위해서라면.

관광지에 살다보니 여행자들이 많다. 자신이 처음 섬에 들어왔던 때를 생각나게 하는 이들일 것이다. 그들도 마음을 자연에로 가까이 두려고 왔으리라. 왜 마음이(마음도) 자연인지를 알아내기 위해서 말이다. 그들을 보면 어떤 마음인지 알겠어서 덩달아 화자도 스산해지는 것일까. 그래서 물그릇은 자꾸 쏟아지고 등껍질은 서늘해진다. 그들이 상처받지 않았으면 좋겠다고 말하고 싶어지는 것은 조금은 덜 상처받는 사람으로 변화해온 자신을 스스로 느끼기 때문일 것이다. 제주의 거센 바람 속에서 깃털 다 뽑힌 새처럼 자기를 버텨온 시간이 그를 만들었다. 시인은 이를 "발전"이라고 말한다. 물론 섬을 벗어나고 싶다는 상상을 수시로 하기는 한다. 그러나 나의 상상은 또다른 나에게 가로막혀 실천되지 않는다. 상상은 하되 실천은 하지 않는다는 것, 자기 자신을 '두고 보는' 이의 마음의 균형. 감정의 시소를 평형 상태로 유지할 줄 아는 관리 기술 정도는 이제 갖고 있다는 말이다. 정말이지 여기까지 "발전"한 것이다.

이제 마지막 두 연은 마음 이력서의 마지막 줄이자 가장 최근의 증명사진이다. "나는 제주에 사는 웃기고 이상한 사람입니다." 증명사진이라는 비유를 함부로 쓴 것이 아니다. 나는 저 구절에서 정면을 향해 환히 웃고 있는 시인의 얼굴을 본다. 이제 이 웃음은 하나의 세상이 움푹 꺼져버린 뒤 웃기만 했다고 하던 때의 그 웃음과는 얼마나 다른가. 그는 이제 울지 않기 위해 웃는 것이 아니라 웃을 수 있어서 웃는 사람이 되었다. 이 웃음은 그가 쟁취해낸 것이지만 그는 이것이 제주의 선물이라고 말하고 싶어한다. "제주에는 웃을 일이 참 많아요." 자, 그러니 시집 전체가 아니라 이 시만 읽은 사람이 어떻게 알겠는가. 어떤 마음의 역사가 이 시를 쓰게 하였는지를. 이 웃음 뒤에 어떤 세월이 있으며, 이 아름다운 경어체가 어떻게 탄생한 것인지를. 시집은 여기서

끝나고 그는 계속 가야 할 길이 있다. 자연에서 자유로 가는 길, 우리도 그 길 위에 있고, 시는 오로지 그 길 위에만 있다. 이원하의 시는 자유를 바라보는 자연의 노래다.

이원하 2018년 한국일보 신춘문예로 등단했다.

문학동네시인선 135
제주에서 혼자 살고 술은 약해요
ⓒ 이원하 2020

1판 1쇄 2020년 4월 10일
1판 16쇄 2024년 8월 26일

지은이 | 이원하
책임편집 | 강윤정
편집 | 김영수 김민정
디자인 | 수류산방(樹流山房) 본문 디자인 | 유현아
저작권 | 박지영 형소진 최은진 오서영
마케팅 | 정민호 서지화 한민아 이민경 안남영 왕지경 정경주 김수인 김혜원 김하연 김예진
브랜딩 | 함유지 함근아 박민재 김희숙 이송이 박다솔 조다현 정승민 배진성
제작 | 강신은 김동욱 이순호
제작처 | 영신사

펴낸곳 | (주)문학동네
펴낸이 | 김소영
출판등록 | 1993년 10월 22일 제2003-000045호
주소 | 10881 경기도 파주시 회동길 210
전자우편 | editor@munhak.com
대표전화 | 031) 955-8888 팩스 | 031) 955-8855
문의전화 | 031) 955-2696(마케팅), 031) 955-2678(편집)
문학동네카페 | http://cafe.naver.com/mhdn
인스타그램 | @munhakdongne 트위터 | @munhakdongne
북클럽문학동네 | http://bookclubmunhak.com

ISBN 978-89-546-7132-3 03810

* 이 책의 판권은 지은이와 문학동네에 있습니다. 이 책 내용의 전부 또는 일부를 재사용하려면 반드시 양측의 서면 동의를 받아야 합니다.

잘못된 책은 구입하신 서점에서 교환해드립니다.
기타 교환 문의: 031) 955-2661, 3580

www.munhak.com

문학동네